SuriE (서경아)

성균관대학교 의상학과에서 패션디자인 박사
과정을 수료하였으며, 학문적 기반 위에 예술
적 실험을 더해온 창작자이다. 패션 연구자로
서의 이력뿐만 아니라, 인공지능(AI) 아트를
활용한 실험적 창작 활동으로 다수의 전시에
참여하며 새로운 예술적 언어를 탐구해왔다.

저자는 업사이클, 지속가능 패션, AI 아트라
는 세 가지 축을 연결해 "소재를 다시 쓰는 것
이 아니라 이야기를 다시 쓰는 것"이라는 철
학을 작업 전반에 담아내고 있다. 전통적인 패
션 연구의 깊이와 최첨단 AI 아트의 가능성을
동시에 탐색하며, 패션과 예술의 경계를 넘나
드는 창작자로 활동 중이다.

버려지는 **옷**으로 **명품**을 만들 수 있다고?

업사이클 다시 온 (ON), 쓰레기 오프 (OFF)

나만의 업사이클 행복 찾기
쓰레기로 만드는 업사이클 이야기

CONTENTS

We Are Upcyclers

"업사이클은 환경운동이 아니라, 우리의 라이프스타일 선언이다."

이제 업사이클을 이야기할 때 우리는 더 이상 "지구를 지키자"라는 딱딱한 구호만을 떠올리지 않습니다. 지금 이 순간, 업사이클은 자기 표현의 무대이자 세련된 저항이며, 새로운 라이프스타일을 선언하는 언어가 되었습니다.

MZ세대는 패션과 오브제를 고를 때 단순히 '예쁘다, 싸다'의 기준을 넘어, "이건 나만의 것, 어디에도 없는 것"을 찾습니다. 여기서부터 새로운 업사이클이 시작됩니다. 버려진 방수포는 단 하나뿐인 백팩으로, 수천 명을 맞이했던 호텔 리넨은 내 방을 채우는 커튼으로 다시 태어납니다.

업사이클은 과거의 흔적과 미래의 가능성을 동시에 품은 오브제입니다. 트럭 도로 위의 먼지, 수많은 손길이 지나간 가죽, 바닷바람을 맞던 듯. 그것과 함께 새로운 길을 나설 때, 우리는 단순히 '환경을 위해 소비를 줄인다'가 아니라, "나는 다른 방식으로 살겠다"는 라이프스타일을 선언하게 됩니다.

우리는 업사이클러입니다. 우리는 쓰레기 더미에서 가능성을 발견합니다. 우리는 낡음을 감추지 않고 드러냅니다. 우리는 평범함 대신 독창성을, 소비 대신 창조를 선택합니다.

이 책은 그런 당신을 위한 작은 아뜰리에입니다. 단순히 버려진 것을 다시 쓰는 법을 배우는 것이 아니라, 우리의 삶을 새롭게 디자인하는 법을 나누고자 합니다. 그리고 그 시작은 바로 이 한 문장입니다.

"업사이클은 환경운동이 아니라, 우리의 라이프스타일 선언이다."

Part I

My First Atelier

– 나만의 업사이클 스튜디오 열기

Why Now?
업사이클이 힙해지는 이유

업사이클은 어느 순간부터 단순히 '환경 보호'라는 말로는 설명할 수 없게 되었습니다. 이제 업사이클은 트렌드와 감각, 그리고 태도의 언어에 가까워졌습니다. 20 – 30대가 업사이클에 주목하는 이유는 분명합니다.

첫째, 정책과 시장의 변화가 이를 뒷받침합니다. 유럽연합은 '순환경제 패키지'를 통해 모든 제품에 디지털 제품 여권(DPP)을 부착하도록 요구하고 있으며, 글로벌 브랜드들은 이미 이 흐름에 맞춰 움직이고 있습니다. 에이치 앤 앰(H&M), 이케아(IKEA), 파타고니아(Patagonia) 같은 기업들은 '친환경'을 넘어 순환경제의 주체로 자리 잡으며 소비자에게 "당신도 이 흐름에 동참하라"는 신호를 보내고 있습니다.

둘째, 문화적 코드로서의 업사이클입니다. SNS 피

드를 넘기다 보면 '#visiblemending' 태그가 달린 자수 디테일, 빈티지 데님을 해체해 만든 페스티벌 가방 같은 이미지들을 쉽게 발견할 수 있습니다. 이는 단순히 '낡은 것을 고친다'가 아니라, 새로운 미학을 창조한다는 선언에 가깝습니다.

셋째, 밈(meme)으로서의 업사이클입니다. 무거운 환경 의제 대신 '쿨한 놀이'로 소비되는 것이죠. 파타고니아의 역설적 광고 "Don't Buy This Jacket"은 이제 밈처럼 인용되며, '적게 사는 게 더 멋진 태도'라는 새로운 라이프스타일을 상징합니다.

결국 업사이클은 '지구를 구하자'라는 의무감이 아니라, 나답게 살고 싶을 때 고르는 라이프스타일입니다. 버려진 소방호스를 벨트로, 호텔 리넨을 재킷으로 입는 것은 단순한 친환경 선택이 아니라, "이건 누구도 따라올 수 없는 나만의 것"이라는 선언입니다.

업사이클이 힙해지는 이유는 단 하나로 귀결됩니다. 우리는 더 이상 남이 정해준 유행을 소비하지 않고, 나만의 이야기를 지닌 물건을 선택하기 때문입니다. 그리고 그 선택은 단순한 소비가 아니라 창작의 출

발점이 됩니다. 원룸 한쪽이나 카페 구석에서 시작하더라도, 그 순간부터 우리는 소비자가 아니라 업사이클러로서 나만의 작은 아뜰리에를 열게 됩니다.

 2장

나만의 작은 공방 세팅하기
― 기본 도구와 작업 공간 꾸미기

아뜰리에라고 해서 반드시 넓은 작업실이나 고가의 장비가 필요한 것은 아닙니다. 지금 세대에 어울리는 공방은 작고 유연하며, 나의 생활과 자연스럽게 이어지는 공간입니다. 원룸 한쪽, 공유 오피스의 빈 회의실, 단골 카페의 창가 자리 ― 이 모든 곳이 나만의 공방이 될 수 있습니다. 중요한 건 '어디서 하느냐'가 아니라, 내가 어떻게 그 공간을 다루느냐입니다.

필수 도구, 그러나 미니멀하게

- **재봉틀**: 접이식 소형 모델이면 충분합니다. 산업용이 아니어도 기본적인 수선과 리폼은 무리 없이 할 수 있습니다.
- **커팅 매트와 롤커터**: 작은 책상 위에서도 원단을 안정적으로 자를 수 있도록 도와줍니다.
- **수납 박스**: 원단 조각, 리본, 단추 같은 부자재는 투명 박스나 모듈형 서랍에 정리해 두면 필요할 때 바로 꺼낼 수 있습니다.
- **핸드 툴 키트**: 가위, 송곳, 바늘, 실은 파우치에 담아 두세요. 집 밖에서도 작은 수선이 가능하다는 점은 의외의 자유를 줍니다.

무드를 완성하는 디테일

아뜰리에는 단순히 '일하는 공간'이 아닙니다. 좋아하는 음악이 흐르고 은은한 조명이 켜진 곳, 혹은 커피 향이 가득한 카페 테이블에서 작업할 때 손끝은 훨씬 자유로워집니다. 창작은 도구만으로 완성되지 않고, 분위기에서 완성된다는 사실을 기억하세요.

공방이 아니라 루틴

아뜰리에는 결국 물리적 장소가 아니라 습관과 루틴입니다. 퇴근 후 20분 동안 책상 위에 천 조각을 펼치고 바늘과 실을 드는 것, 주말 오후 카페에서 작은 파우치를 수선하는 것─이 작은 순간들이 쌓여 나만의 스튜디오가 만들어집니다.

작은 공간에서의 팁

좁은 공간에서는 "정리"가 곧 "창작의 자유"입니다. 작업 후에는 바로 정리하는 루틴을 가지세요. 원단을 접어 서랍에 넣고, 실과 바늘을 파우치에 담아두는 단순한 습관이 내일의 새로운 아이디어를 위한 여유를 만들어줍니다.

업사이클은 '특별한 장비를 갖춘 사람만의 취미'가 아니라, 누구나 일상의 작은 틈에서 시작할 수 있는 태도입니다. 그리고 그 태도는 당신이 어디에 있든, 지금 이 순간에도 충분히 가능하다는 것을 기억하시기 바랍니다.

소재 사냥하기
— 방수포·농산물 부산물·호텔 리넨·폐가죽,
어디서 구할까

업사이클에서 가장 매혹적인 순간은 새로운 디자인을 떠올릴 때가 아니라, 소재를 발견하는 순간입니다. 흔적이 고스란히 남아 있는 낡은 자재 속에서 "이건 나만의 아이템이 될 수 있겠다"라는 직감을 얻을 때, 우리는 진짜 업사이클러가 됩니다.

도시 속에서 만나는 산업 재료들

• 트럭 방수포: 프라이탁(FREITAG)의 시그니처 소재처럼, 오래 달린 흔적은 곧 디자인이 됩니다. 기름 자국이나 긁힌 흔적이 오히려 세계에 단 하나뿐인 패턴을 완성하죠. 중고 자재상이나 운송업체를 직접 찾아보면 의외의 보물을 만날 수 있습니다.

• 소방호스: 한때 생명을 지키던 장비가 이제는 가죽

보다 더 견고한 벨트나 지갑으로 변신합니다. 지역 소방서나 지자체를 통해 교체된 호스를 공급받는 루트를 열어보세요.

일상에서 건져 올리는 흔적들

- **호텔 리넨**: 매일 수많은 사람을 맞이했던 시트와 타월. 세탁을 거친 후에도 남아 있는 사용감이 독특한 텍스처가 되어 의외의 매력을 발산합니다. 여행의 이야기를 담은 패션 아이템은 듣기만 해도 설렘을 줍니다.

- **농산물 부산물**: 커피 자루, 곡물 포대, 과일 박스 등은 거친 질감과 원산지 마크 덕분에 의외의 그래픽 디자인 요소가 됩니다. 이를 활용한 가방이나 파우치는 독창적인 개성을 표현하기에 충분합니다.

- **폐가죽**: 사용감이 남아 있는 가죽은 완벽하게 새 것보다 오히려 더 매력적일 때가 많습니다. 긁힘이나 주름 같은 흔적은 제품에 이야기를 더합니다.

자연과 농업이 주는 새로운 자원

- **농산물 부산물**: 오렌지 껍질로 만든 원단, 포도 찌꺼기로 만든 가죽, 파인애플 잎에서 추출한 섬유 등. 럭셔리 브랜드 LOEWE와 Orange Fiber의 협업이 보여주듯, 버려지는 농업 부산물은 미래의 고급 소재가 될 수 있습니다.

- **폐가죽**: 대량 생산 과정에서 잘려 나간 조각들은 크기는 작지만 카드지갑이나 파우치 같은 소품을 만들기엔 딱 맞습니다. 신발 제작 공방이나 가죽 가공 업체를 방문하면 손쉽게 얻을 수 있습니다.

소재 사냥은 곧 네트워킹

소재를 찾는 일은 단순한 '조달'이 아니라 사람을 만나는 과정이기도 합니다. 자재상을 운영하는 장인, 호텔 세탁 담당자, 항공사 CSR 매니저(Corporate Social Responsibility Manager), 지역 농부. 이들과의 연결은 단순히 재료를 얻는 것을 넘어 새로운 아이디어와 기회를 만들어 줍니다.

업사이클은 결국 사회와 끊임없이 연결되는 창작

행위라는 사실을 잊지 마세요.

업사이클러에게 세상은 거대한 마켓입니다. 고속도로 위의 방수포, 호텔의 흰 리넨, 공항 창고의 낡은 담요, 농가에서 버려진 잎사귀까지 – 모든 것이 다음 프로젝트의 시작이 될 수 있습니다. 중요한 건 "어디서 구할까?"가 아니라, "이 재료의 다음 이야기를 어떻게 써 내려갈까?"입니다.

Part II

손끝으로 배우는
업사이클 기술

Visible Mending
: 사시코·자수로 '흔적을 드러내는 수선'

우리는 보통 옷이 해지면 감추려 합니다. 구멍은 막아야 하고, 얼룩은 덮어야 한다고 배워왔지요. 하지만 업사이클러의 시선은 다릅니다. 흠집은 감출 것이 아니라, 오히려 드러낼 가치가 있는 흔적입니다. 바로 여기서 Visible Mending, 즉 "흔적을 드러내는 수선"의 미학이 시작됩니다.

사시코, 흠집을 문양으로

일본의 전통 기법인 사시코(sashiko)는 원래 낡은 천을 덧대어 튼튼하게 만들던 생활 기술이었습니다. 그러나 지금은 단순한 보강을 넘어, 패턴과 장식의 역할까지 수행합니다. 해진 청바지 무릎 위에 하얀 실로 박음질한 작은 물결무늬는 그 옷의 수명을 연장하는 동시에 하나의 그래픽 아트가 됩니다.

자수, 상처를 장식으로

자수는 상처 난 부분을 감추지 않고, 꽃·별·기하학 패턴으로 오히려 드러내는 방식입니다. 티셔츠에 생긴 작은 구멍 위에 파스텔 톤의 자수꽃을 놓아보세요. 그 구멍은 더 이상 결함이 아니라, 오직 내 옷에만 있는 시그니처가 됩니다.

패션에서 퍼스널 브랜딩으로

흔적을 드러내는 수선, 즉 Visible Mending은 단순한 수선이 아니라 불완전함을 개성과 미학으로 전환하는 창조적 행위입니다.

흥미로운 점은 이러한 수선의 언어가 이제 단순히 '공들인 수선'의 영역을 넘어섰다는 것입니다. 구찌(Gucci)나 드리스 반 노튼(Dries Van Noten)과 같은 하이패션 브랜드 역시 자수·프린트·패치와 같은 기법을 작품 설계 단계에서 적극적으로 차용하며, 수선에서 비롯된 미적 감각을 새로운 장식 코드로 발전시켜 왔습니다. 이는 보이는 수선이 단순한 '수리 기술'을 넘어 현대 패션에서 불완전함을 포용하는 미학적 기호로 자리 잡았음을 보여줍니다. 다시 말해, "완벽하게 새 것"이라는 강박에서 벗어나 불완전함을 스타일로 끌어안는 태도를 드러내는 것이죠.

일상 속에서 시작하는 방법

- 청바지의 해진 무릎에 네온 컬러의
  사시코 스티치를 놓기
- 흰 티셔츠의 작은 구멍 위에 미니멀한
  기하학 자수 얹기
- 니트의 해진 팔꿈치를 다른 색실로
  대담하게 장식하기

작업은 어렵지 않습니다. 바늘과 실, 그리고 약간의 시간만 있으면 됩니다. 중요한 건 완벽한 기술이 아니라, "이 흔적을 어떻게 나만의 이야기로 바꿀 것인가"라는 태도입니다.

흔적을 드러내는 수선, Visible Mending은 옷을 고치는 방식이자 삶을 바라보는 방식이기도 합니다. 우리는 모두 각자의 옷처럼 조금씩 해지고 흠집이 나지

만, 그 흔적을 드러내고 다시 꿰맬 때 오히려 더 아름
다운 이야기가 만들어집니다.

2장

해체와 재구성(Unpicking & Re-Cutting)
: 셔츠를 스커트로, 데님을 가방으로

옷장 속에는 더 이상 입지 않는 셔츠와 데님이 한
두 벌쯤은 있습니다. 하지만 업사이클러의 눈에 그
것들은 '버려야 할 옷'이 아니라, 다른 아이템으로 다
시 태어날 가능성을 지닌 원단입니다. 핵심은 해체
(unpicking)와 재단(re-cutting)입니다. 기존 옷의 구
조를 존중하면서도, 완전히 새로운 실루엣을 설계하
는 것이죠.

셔츠 → 스커트: 오피스웨어의 재해석
셔츠는 업사이클링에 가장 적합한 아이템 중 하나

입니다. 앞섶과 단추는 그대로 두고, 소매와 어깨선을 제거한 뒤 허리 밴드를 추가하면, 셔츠는 우아한 A라인 스커트로 변신합니다. 원래의 단추 라인이 그대로 남아 있어 "이건 셔츠였다"는 흔적이 은은하게 드러나는 것이 매력 포인트입니다.

데님 → 가방: 내구성과 개성

데님은 질긴 원단이라 해체 과정이 조금 까다롭지만, 일단 잘라내고 나면 훌륭한 가방 소재가 됩니다. 뒷주머니를 그대로 살려 작은 포켓으로 활용하고, 허리 벨트 고리는 가방 끈 연결부로 재사용할 수 있습니다. 이미 사용감이 묻어 있는 데님만이 가진 페이드감과 주름은, 새로 짠 원단으로는 결코 흉내 낼 수 없는 개성 만점의 요소입니다.

디자인보다 중요한 건 '흔적 살리기'

해체와 재구성(Unpicking & Re-Cutting)은 단순히 옷을 잘라내는 과정이 아닙니다. 원래 옷이 가진 주름, 단추, 스티치 자국을 어떻게 새로운 아이템의 디자인 요소로 살려낼지가 핵심입니다. 흔적을 감추려 하지 말고, 오히려 강조할 때 아이템은 훨씬 독창적으로 보입니다.

일상 속에서의 작은 실험

- 셔츠의 소매를 잘라 토트백의 손잡이로 활용하기
- 데님의 허벅지 부분을 잘라 미니 파우치 만들기
- 셔츠 뒷판을 잘라
  원형 스커트 패턴으로 재구성하기

해체와 재구성(Unpicking & Re-Cutting)은 기술적 난도가 높지 않습니다. 오히려 중요한 건 "다시 본다"는 시선입니다. 한때 출근복이었던 셔츠가 주말을 위한 스커트가 되고, 해진 데님이 매일 들고 다니는 가방으로 변신하는 순간, 우리는 버려진 옷의 다음 챕터를 쓰게 됩니다.

소재 변신
: 방수포 → 백팩, 소방호스 → 벨트, 침구 → 의류

업사이클은 단순한 '재활용'이 아니라, 소재가 가진 이야기를 다른 언어로 번역하는 과정입니다. 버려진 자재가 백팩·벨트·원피스로 다시 태어나는 순간, 우리는 기능을 넘어 새로운 미학을 만들어냅니다.

1) 방수포 → 백팩

◈ 왜 방수포인가?

트럭 방수포는 방수성과 내구성이 뛰어나고, 무엇보다 표면에 남은 사용 흔적이 곧 디자인이 됩니다. 같은 소재라도 어떤 흔적이 있느냐에 따라 전혀 다른 패턴과 컬러웨이가 나오죠.

실습 가이드

1. 자재 확보: 중고 방수포를 세척 후 건조합니다.
(중성세제와 솔로 닦아내면 특유의 때가
빈티지 질감으로 남아 매력이 됩니다.)

2. 패턴 잡기: 사각형 두 장을 재단해 앞·뒤판으로,
바닥은 타원형 혹은 직사각형으로 잘라 연결합니다.

3. 스트랩: 버려진 카시트 안전벨트나
나일론 웨빙을 활용합니다.

4. 마감: 심지는 필요 없으며, 두꺼운 바늘과
강한 실로 재봉해야 튼튼합니다.

2) 소방호스 → 벨트

◉ 왜 소방호스인가?

고온과 압력을 견디던 소재라 내구성이 가죽보다
강합니다. 게다가 빨강·노랑 같은 강렬한 컬러는 의도
치 않게 '럭셔리한 아이덴티티'를 만들어 줍니다.

실습 가이드

1. **자재 확보:** 지자체 소방서 또는 재활용 업체에서 폐호스를 확보합니다.

2. **세척 & 절단:** 내부 잔류 물질을 제거한 뒤 원하는 길이(허리 둘레 + 여유분)로 자릅니다.

3. **버클 부착:** 기존 가죽 벨트의 금속 버클을 재활용하거나, 금속 부자재 전문점에서 구입합니다.

4. **디테일:** 가장자리에 스티치를 추가하면 고급스러움이 살아납니다.

3) 침구 → 의류

⊘ 왜 침구인가?

호텔 리넨이나 병원 시트는 대량 생산 덕분에 소재 품질이 균일하고, 화이트·파스텔 톤이 깔끔합니다. 특히 '안락함의 기억'을 옷으로 옮겨올 수 있다는 점이 매력적이죠.

실습 가이드

1. 자재 확보: 호텔 세탁업체와 MOU를 맺거나
중고 리넨을 구입합니다.

2. 기본 세탁: 열처리와 표백 과정을
거쳐 위생을 확보합니다.

3. 패턴 설계: 오버사이즈 셔츠, 원피스,
파자마부터 시작하면 난이도가 낮습니다.

4. 감각적인 디테일: 시트의 끝단(헤밍)을 그대로
살리면 오히려 의도된 디자인처럼 보입니다.

소재 변신의 핵심은, 그 소재가 지니고 있는 기억을
어떻게 다른 물건의 언어로 옮겨올 수 있는가에 있습
니다. 예를 들어 방수포에 남은 스크래치는 단순한 손
상이 아니라 도시적인 패턴으로 재해석될 수 있습니
다. 소방호스의 강렬한 붉은색은 단순한 색감을 넘어
힘과 책임의 상징으로 자리 잡습니다. 그리고 침구의
부드러운 촉감은 의류로 옮겨왔을 때 안락함과 친밀
감의 경험으로 다시 태어납니다.

제로웨이스트 패턴 커팅 입문

옷을 만들 때 가장 많이 생기는 부산물은 다름 아닌 자투리 원단입니다. 전통적인 패턴 커팅 방식은 직사각형 원단 위에 곡선을 배치하다 보니, 전체 원단의 15~30%가 버려집니다. 그러나 제로웨이스트 패턴은 말 그대로 자투리 없는 커팅을 목표로 합니다. 이는 단순히 친환경을 넘어, 새로운 디자인 언어를 창조하는 방식이기도 합니다.

✅ 왜 제로웨이스트 패턴인가?

20 - 30대에게 단순히 "에코"라는 말만으로는 충분하지 않습니다. 중요한 건 스타일과 가치가 동시에 만족되는가입니다. 제로웨이스트 패턴은 원단 절약 기술이자, 옷의 실루엣을 새롭게 정의하는 디자인 철학입니다. 사각형·삼각형·곡선 조각을 이어 붙여 하나의 형태를 만드는 과정에서 예상치 못한 디테일과 독특

한 드레이프가 탄생합니다.

대표적인 접근법

- **직사각형 블록 활용**: 사각형만으로 패턴을 구성해 곡선 커팅을 최소화합니다. 퍼즐을 맞추듯 직관적으로 조립하는 방식입니다.

- **곡선 재활용**: 잘려 나온 곡선 조각을 다른 옷의 소매나 카라에 연결해 새로운 기능을 부여합니다.

- **접힘과 주름 활용**: 자투리가 될 만한 부분을 주름이나 플리츠로 변환해 디자인 요소로 승화합니다.

1. **원단 준비**: 1m × 1.5m의 직사각형 원단
   (리넨·면·폐침구 등).

2. **패턴 배치**: 앞판 1개, 뒷판 1개, 소매 좌우
   2개, 넥라인 앞·뒤 2개. 곡선을 최소화하고
   직각으로 맞추는 것이 핵심입니다.

3. **봉제**: 어깨와 옆선을 직선 봉제로 연결합니다.
   소매는 원단 직사각형을 그대로 붙여
   '박스형 실루엣'을 연출합니다.

4. **디테일 추가**: 넥라인은 바이어스 테이프 대신
   자투리 천으로 마감. 주머니도 원단 모서리
   조각으로 제작합니다.

제로웨이스트 패턴의 매력

- **환경적 의미**: 자투리 원단이 쓰레기통 대신 옷의 일부로 남습니다.
- **디자인적 가치**: 제약이 오히려 새로운 실루엣을 탄생시킵니다.
- **개인적 즐거움**: "버려지는 게 없다"는 성취감은 의외로 큰 만족을 줍니다.

제로웨이스트 패턴은 단순한 기술이 아니라, 패션을 새롭게 정의하는 관점입니다. 원단을 '낭비되는 물질'이 아니라 끝까지 써야 할 세계로 바라보는 순간, 옷은 더 이상 소비재가 아니라 하나의 선언문이 됩니다.

업사이클의 본질은 손끝에서 시작되는 변화입니다. 바늘과 가위, 그리고 낯선 시선을 통해 낡은 것은 새로워지고, 버려진 흔적은 나만의 서명으로 남습니다. 우리는 흔적을 드러내는 수선 Visible Mending을 통해 흠집을 감추는 대신 불완전함을 미학으로 끌어안는 선택을 하며, 시간이 남긴 자국을 오히려 패션의 언어로 바꾸었습니다. 사시코나 자수의 한 땀은 단순한 수선이 아니라 개성과 감각의 표현이었고, 그것은 낡음을 숨기지 않고 자랑하는 태도로 이어졌습니다.

옷장을 다시 여는 순간, 해체와 재구성(Unpicking & Re-Cutting)이라는 방식은 해체를 파괴가 아닌 가능성으로 바꾸었습니다. 셔츠는 스커트로, 해진 데님은 빈티지 가방으로 변신했으며, 우리는 옷을 구성하는 직사각형과 삼각형의 단순한 조각 속에서 다시 디자인을 발견했습니다.

또한, 소재 변신은 그 자체로 업사이클의 드라마를 보여주었습니다. 트럭 방수포가 백팩이 되었을 때 표면의 기름때와 스크래치는 곧 나만의 패턴이 되었고, 소방호스는 강인한 질감과 붉은 색감으로 책임과 힘의 상징을 남겼습니다. 호텔 리넨이 셔츠와 원피스로 태어날 때는 수많은 기억이 함께 옮겨져, 안락함이 옷의 감각으로 변했습니다. 그리고 제로웨이스트 패턴커팅은 원단 자투리를 없애는 단순한 기술이 아니라, 제약 속에서 새로운 디자인 언어를 발견하는 경험이었습니다. 곡선을 최소화하고 직사각형 블록을 조립하는 과정에서 예상치 못한 드레이프와 실루엣이 만들어졌고, 우리는 낭비 없는 패턴이 곧 창조의 원천이 될 수 있다는 사실을 배웠습니다.

결국 우리 같은 업사이클러가 전하는 메시지는 분명합니다. 업사이클은 기술의 나열이 아니라 태도의 전환입니다. 낡음을 감추지 않고 드러내는 용기, 틀을 해체하는 창의성, 소재의 기억을 이어가는 감수성, 제약 속에서 새로운 언어를 발견하는 지혜. 이 네 가지는 단순한 바느질 기술을 넘어 삶을 대하는 방식으로 이어집니다. 그래서 손끝에서 시작한 작은 시도들이 모여 결국 나의 라이프스타일을 바꾸고, 더 나아가 내가 세상과 연결되는 방식을 다시 정의하게 되는 것입니다.

Part III

브랜드에서 배우는
업사이클DNA

프라이탁(FREITAG)
: 트럭 방수포를 브랜드 정체성으로

업사이클 브랜드를 이야기할 때 프라이탁은 빼놓을 수 없는 이름입니다. 1993년, 스위스 취리히의 한 디자인 스튜디오에서 두 형제가 버려진 트럭 방수포와 자전거 타이어, 자동차 안전벨트를 엮어 가방을 만들기 시작했습니다. 애초에는 저렴하고 튼튼한 가방을 만들겠다는 구상이었지만, 곧 트럭 방수포의 사용 흔적 자체가 독특한 디자인 요소라는 사실이 주목받으면서 프라이탁은 하나의 문화 아이콘으로 성장했습니다.

이 브랜드의 강점은 단순히 친환경성을 내세우는 데 있지 않습니다. 프라이탁은 업사이클링을 브랜드 정체성의 중심에 두고 "세상에 단 하나뿐인 패턴"이라는 희소성과 개성을 강조했습니다. 방수포마다 색감·스크래치·얼룩이 서로 달랐고, 그것이 곧 제품 고유의 디자인 코드가 되었죠. 결과적으로 소비자는 '환경을 위해 산다'는 의무감이 아니라, 나만의 스토리를 지닌 아이템을 소유한다는 매력을 느끼게 되었습니다. 또한 프라이탁은 디자인 언어를 철저히 현대적이고 도시적인 무드로 끌어올렸습니다. 미니멀하고 구조적인 라인, 견고하면서도 자유로운 스트랩, 브랜드를 상징하는 화이트 라벨―이 모든 요소가 결합해 업사이클링을 패션이자 라이프스타일의 선언문으로 자리매김시켰습니다.

프라이탁은 가방 제작에 그치지 않고, 제품의 수명과 소재의 순환까지 책임지는 브랜드로 자리매김했습니다. 테이크백(Take-Back)프로그램은 사용이 끝난 제품을 회수해 파쇄·재가공한 뒤 다른 제품의 원료로 되돌립니다. 백 리페어(Bag Repair)서비스는 지퍼·스트랩·봉제선 등 손상 부위를 수선해 제품의 사용 수명을 연장합니다. 여기에 S.W.A.P(Shopping Without Any Payment)플랫폼을 마련해 사용자가 서로의 가방을 교환할 수 있도록 함으로써, 새로운 소비 없이도 제품이 다시 쓰이게 했습니다. 이 모든 활동은 프라이탁의 자원 순환(Circular Services)전략 아래 유기적으로 연결되어, 제품이 가능한 한 오래 쓰이고 다 쓰인 후에도 소재가 새로운 생애를 이어 가도록 설계되어 있습니다. 흥미로운 점은 이 과정이 Z세대의 가치관−지속가능성 + 개성 + 진정성−과 정확히 맞물린다는 사실입니다.

이를 통해 업사이클은 단순한 재활용 기술이 아니라, 브랜드의 서사와 감각을 구축하는 강력한 도구입니다. 방수포가 가방이 되는 순간, 그것은 더 이상 '쓰레기'가 아니라 도시의 시간을 품은 패션 아이콘이 됩니다.

2장

엘비스 앤 크레스(Elvis & Kresse)
: 소방호스로 만든 럭셔리와 기부 모델

엘비스 앤 크레스는 업사이클링이 어떻게 럭셔리와 사회적 가치를 동시에 실현할 수 있는지를 보여주는 대표적인 사례입니다. 2005년, 영국의 한 커플이 버려지는 소방호스를 보고 시작한 작은 프로젝트는 곧 런던 패션계와 글로벌 시장에서 주목받는 브랜드로 성장했습니다.

소방호스는 본래 고열과 압력을 견디도록 설계된 극한의 소재입니다. 약 25년 이상 사용된 뒤에는 안전상의 이유로 반드시 폐기되었고, 그 막대한 폐기물은 매립될 수밖에 없었습니다. 엘비스 앤 크레스는 이 낡은 소방호스를 수거해 세척·가공하여 지갑·벨트·백 같은 고급 액세서리로 변신시켰습니다. 단단하고 질감이 살아 있는 표면은 오히려 가죽보다 더 독창적인 매력을 보여주었습니다.

이 브랜드의 특별함은 여기서 끝나지 않습니다. 제품 판매 수익의 50%를 영국 소방관 재단에 기부하며, 사회적 가치와 브랜드 정체성을 결합했습니다. 소비자는 단순히 독창적인 업사이클 제품을 사는 것이 아니라, 스토리와 기부의 참여자가 되는 경험을 합니다. "내가 지금 착용하는 벨트가 누군가의 안전과 연결되어 있다"는 인식은 강력한 감정적 설득력을 발휘합니다.

엘비스 앤 크레스는 또 다른 도전도 이어가고 있습니다. 영국 버버리(Burberry)와 파트너십을 맺고 버려지는 가죽 자투리를 업사이클링해 고급 액세서리를 제작하는 프로젝트를 진행 중입니다. 이는 단순한 친환경 협업을 넘어, 전통 럭셔리 하우스와 업사이클 스타트업이 만나는 새로운 패션 생태계의 가능성을 보여줍니다.

이제 업사이클은 결코 '저렴한 대안'이 아닙니다. 오히려 소재가 지닌 극적인 서사와 브랜드가 부여하는 사회적 가치가 결합될 때, 프리미엄 시장에서도 충분히 경쟁력 있는 아이덴티티가 됩니다. 엘비스 앤 크레

스의 소방호스 벨트는 단순히 재료를 재활용한 제품
이 아니라, 생명과 안전의 이야기를 몸에 두르는 럭셔
리 아이템이 된 것입니다.

3장

파타고니아(Patagonia) 원 웨어(Worn Wear)
: 수선은 저항이다(Repair is Rebellion)

파타고니아는 이미 오래전부터 "환경을 위한 브랜
드"라는 이미지를 굳혀왔습니다. 하지만 단순히 친환
경 소재를 사용하는 데 그치지 않고, **옷을 고쳐 입
는 행위 자체를 하나의 반란(Rebellion)**으로 끌어
올린 순간, 업사이클 문화는 전혀 다른 차원으로 확
장되었습니다.

2013년 시작된 원 웨어(Worn Wear)프로그램은 소
비자가 낡은 파타고니아 제품을 가져오면 수선해 주
거나, 다른 중고 제품으로 교환할 수 있도록 만든 플

랫폼입니다. 여기서 핵심은 단순한 수선 서비스가 아니라, 수리와 재사용을 브랜드 경험으로 승화했다는 점입니다. 파타고니아는 "낡음을 부끄러워하지 말고, 자랑하라"는 메시지를 던졌고, 소비자는 옷에 새겨진 사용의 흔적을 새로운 가치로 받아들이기 시작했습니다.

특히 인상적인 것은 이 프로그램이 브랜드 정체성과 행동주의를 동시에 강화했다는 점입니다. "Don't Buy This Jacket"이라는 도발적인 광고는 소비자에게 '적게 사고 오래 입으라'는 메시지를 전달하면서도, 역설적으로 파타고니아를 더욱 매력적인 브랜드로 만들었습니다. 이는 단순한 마케팅이 아니라 소비자와의 신뢰 관계를 강화한 전략이었습니다. 고객은 '옷을 오래 입자'는 철학에 공감하면서, 파타고니아를 단순한 의류 브랜드가 아닌 가치관을 공유하는 공동체로 인식하게 된 것이죠.

미국 전역을 돌며 수선 서비스를 제공하는 원 웨어 트럭(Worn Wear Truck)의 풍경은 강력한 문화적 상징이 되었습니다. 길 위에서 이루어지는 수선은 단순한 서비스가 아니라 소비주의에 대한 저항을 담은 퍼포먼스였으며, 동시에 지역 사회를 연결하는 축제 같은 경험이었습니다.

업사이클은 제품 차원의 기술이 아니라, 브랜드 차원의 태도로 확장될 때 가장 강력해집니다. 옷을 고쳐입는 행위가 개인의 선택을 넘어 사회적 선언이 되는 순간, 브랜드는 단순한 패션을 넘어 문화와 철학을 전파하는 플랫폼이 됩니다.

4장

이케아(IKEA)
: 회수 & 재판매(Buy Back & Resell), 순환경제 리테일의 실험

이케아는 가구를 단순히 '저렴하게 사고 버리는 제품'에서, 되팔고 다시 쓰는 자산으로 바꾸는 실험을 하고 있습니다. 2020년, 스웨덴과 영국을 시작으로 회수 & 재판매(Buy Back & Resell)프로그램을 도입했

는데, 소비자가 사용하던 가구를 매장에 가져오면 이케아가 매입해 리퍼브 과정을 거친 뒤 다시 판매하는 방식입니다.

이 실험의 의미는 단순히 중고 가구 거래를 제도화한 데 있지 않습니다. 이케아는 이 과정을 통해 비즈니스 모델을 선형적(Linear) 소비 → 순환적(Circular) 소비로 전환하고 있습니다. 즉, "한 번 쓰고 버리는" 구조가 아니라, 제품이 계속 회전하며 새로운 사용자에게 이어지는 구조를 만든 것입니다. 소비자는 이제 단순히 가구를 소비자로만 경험하는 것이 아니라, 공급자로도 참여하게 됩니다.

여기서 흥미로운 점은, 이케아가 이 시스템을 단순한 거래가 아니라 브랜드 경험으로 설계했다는 것입니다. 고객이 가구를 되팔러 매장을 방문하면 현금을 받는 대신, 이케아 크레딧을 지급받습니다. 이를 통해 고객의 소비 여정이 브랜드 내부에서 다시 이어지도록 하고, 동시에 재사용 경험 자체를 이케아 라이프스타일의 일부로 끌어들입니다.

이 프로그램은 단순한 친환경 캠페인이 아닙니

다. 오히려 이케아의 정체성과 철학을 다시 각인시키는 장치입니다. "합리적인 지속가능성(Affordable sustainability)"이라는 브랜드의 핵심 가치가, 회수 & 재판매 프로그램을 통해 구체적이고 실질적인 경험으로 연결된 것이죠. 특히 20 – 30대 소비자에게는 "가구를 사는 것"보다 "가구를 오래 쓰고, 다시 순환시키는 것"이 더 쿨한 선택으로 인식되기 시작했습니다.

이제 업사이클과 리세일은 단순히 친환경을 위한 선택이 아니라, 브랜드 경험을 확장하는 전략적 도구가 될 수 있습니다. 고객이 브랜드와 맺는 관계를 한 번의 구매로 끝내지 않고, 되팔고 → 다시 사고 → 다시 사용하는 과정 전체를 경험하게 하는 것, 이것이 순환경제 리테일이 가진 가장 큰 힘입니다.

 5장

로에베(LOEWE) × 오렌지 섬유(Orange Fiber)
: 농업 폐기물이 럭셔리가 되는 순간

패션에서 가장 혁신적인 순간은 예상치 못한 재료가 럭셔리 무대에 오르는 장면이 아닐까요. 스페인의 하이엔드 브랜드 로에베(LOEWE)와 이탈리아 스타트업 오렌지 섬유(Orange Fiber)의 협업은 그 대표적 사례입니다. 버려지는 오렌지 껍질에서 추출한 섬유가 로에베의 고급 컬렉션에 등장했을 때, 업사이클은 더 이상 대안적 패션이 아니라 럭셔리 패션의 최전선이 되었습니다.

　　오렌지 섬유는 본래 과일 주스 산업에서 버려지던 오렌지 부산물－즉 껍질과 섬유질－을 재가공하여, 실크처럼 부드럽고 광택 있는 텍스타일을 개발했습니다. 이 원단은 단순히 친환경 소재를 넘어, 촉감과 미학적 완성도에서 기존 럭셔리 소재와 견주어도 손색이 없었습니다. 로에베는 이 새로운 텍스타일을 드레스와 액세서리에 적용하며, "지속가능성은 타협이 아니라 혁신"이라는 메시지를 전달했습니다.

　　흥미로운 점은 이 협업이 보여주는 서사의 전환입니다. '농업 폐기물'이라는 말에서 떠오르는 이미지는 대개 투박하고 불안정한 재료일 것입니다. 그러나 로에베는 이 낯선 소재를 세련된 디자인 언어로 번역해 내며, "버려짐에서 태어난 것"을 "가장 세련된 무대의 주인공"으로 재정의했습니다. 소비자는 단순히 드레스를 구매하는 것이 아니라, 버려진 가치가 어떻게 고급스러움으로 변하는지에 동참하게 됩니다.

이 사례가 중요한 이유는 업사이클이 더 이상 실험적 스타트업의 영역에 머물지 않고, 글로벌 럭셔리 하우스의 공식 언어로 자리 잡았다는 데 있습니다. 로에베와 오렌지 섬유의 만남은 단순한 협업을 넘어, 패션 산업이 지속가능성을 심미성과 동등하게 논의하기 시작했다는 강력한 신호였습니다.

이처럼 업사이클은 저렴하거나 차선의 선택이 아니라, 가장 앞선 디자인의 무대에서 오히려 더 매혹적인 가능성을 보여줄 수 있습니다. 오렌지 껍질이 실크 드레스로 재탄생했듯이, 당신의 아틀리에에 놓인 평범한 소재 역시 누군가의 시선에서 전혀 새로운 고급스러움으로 변신할 수 있습니다.

스텔라 맥카트니(Stella McCartney)
: 럭셔리 지속가능성의 새로운 기준

스텔라 맥카트니는 패션계에서 지속가능한 럭셔리를 가장 앞장서 구현해 온 인물입니다. 그는 데뷔 초기부터 가죽과 모피를 사용하지 않겠다는 과감한 결정을 내렸습니다. 당시 럭셔리 시장에서 이는 혁명적인 선언이었고, 수많은 회의적인 시선 속에서도 스텔라 맥카트니는 비건 패션을 통해 윤리와 럭셔리의 공존이 가능함을 실천으로 증명했습니다.

이 브랜드가 흥미로운 이유는 지속가능성을 단순한 '도덕적 선택'이 아니라 브랜드 정체성의 핵심 가치로 삼았다는 점입니다. 동물 가죽 대신 비건 레더, 페어망에서 추출한 나일론, 바이오 기반 텍스타일 등 혁신적 소재를 꾸준히 실험했고, 특히 버버리·아디다스와의 협업을 통해 "윤리적이면서도 스타일리시한 대안"을 글로벌 시장에 설득력 있게 제시했습니다.

컬렉션은 언제나 세련되고 현대적이지만 그 안의 메시지는 명확합니다. 옷을 고르는 행위는 단순히 취향의 표현을 넘어 세상과의 관계를 선택하는 일이라는 것. 스텔라 맥카트니는 소비자에게 "당신이 지금 입은 옷은 어떤 가치를 반영하고 있는가?"라는 질문을 던집니다. 이 질문은 가치소비를 중시하는 MZ세대와 깊게 공명하며, 그를 지속가능 패션의 아이콘으로 자리매김하게 했습니다.

중요한 점은 '친환경'이라는 프레임에 갇히지 않았다는 사실입니다. 오히려 그는 럭셔리의 미학과 기술적 완성도를 누구보다 치열하게 추구했습니다. 그 결과 '윤리적'이라는 수식어가 브랜드의 경쟁력과 차별성으로 작동했고, 지속가능성은 절충이 아니라 혁신이 되었습니다. 오늘날 이 브랜드는 구찌·발렌시아가를 거느린 거대 그룹 케링(Kering)의 전략적 미래를 이끄는 중요한 축으로 평가받고 있습니다.

또한 업사이클이나 지속가능성은 더 이상 '틈새 전략'이 아니라 럭셔리의 새로운 기준입니다. 소비자는 화려한 로고만으로 만족하지 않고, 제품이 어떤 과정을 거쳐 만들어졌는지, 어떤 가치를 담는지까지 요구합니다. 스텔라 맥카트니는 그 흐름을 가장 앞서 읽고, 브랜드의 언어로 번역해 낸 인물입니다.

이제 업사이클은 더 이상 틈새의 실험이 아닙니다. 프라이탁은 낡은 트럭 방수포를 개성과 희소성의 패션 언어로 번역했고, 엘비스 앤 크레스는 소방호스를 사회적 기부와 연결된 럭셔리 액세서리로 되살렸습니다. 파타고니아는 수선을 개인의 선택을 넘어 소비주의에 대한 공동체적 선언으로 확장했고, 이케아는 리테일 차원에서 회수 & 재판매프로그램을 도입해 업사이클을 글로벌 유통의 순환경제 모델로 끌어올렸습니다. 로에베 × 오렌지 섬유의 협업은 농업 부산물의 럭셔리화를 증명했습니다. 마지막으로 스텔라 맥카트니는 업사이클과 지속가능성을 '윤리적 옵션'을 넘어 럭셔리의 표준으로 자리매김했습니다.

이 일련의 사례는 업사이클이 단순히 "버려진 것을 다시 쓰는 기술"을 넘어, 브랜드가 자신을 정의하고, 소비자와 관계 맺고, 사회와 미래를 설계하는 방식임을 보여 줍니다. 어떤 브랜드는 소재의 흔적을 강조하고, 또 어떤 브랜드는 사회적 책임을 내세우며, 다른 곳은 경제 시스템 전체를 재편하거나 럭셔리의 미학을 새롭게 정의합니다. 업사이클은 이렇게 다양한 방식으로 진화하며, 오늘날 패션·디자인·라이프스타일의 중심 담론으로 자리 잡았습니다.

Part IV

업사이클 비즈니스
실험실의 시작

리세일 & 드롭 모델
: 작게 시작하는 브랜드 운영

    업사이클 브랜드를 처음 시작할 때 가장 큰 고민은 '규모'입니다. 대량 생산이 어렵고, 공급되는 소재도 일정하지 않기 때문이죠. 그러나 바로 그 특성이야말로 업사이클 브랜드만의 무기입니다. MZ세대 소비자들은 이미 대량 생산의 균일함보다 희소성, 개성, 그리고 스토리를 더 중시하기 때문입니다. 이때 주목할 만한 방식이 바로 드롭(Drop) 모델과 리세일(Resale) 모델입니다.

드롭 모델: 시간과 한정판의 매력

    드롭 모델은 소량의 제품을 정해진 시점에만 공개하고 판매하는 방식입니다. 스니커즈 브랜드 슈프림(Supreme)이 전 세계 소비자들을 줄 세우게 한 것도 바로 이 전략 덕분이죠. 업사이클 브랜드에게 드롭은 더욱 자연스럽습니다. 동일한 원단을 무한히 확보할 수 없기 때문에 애초에 한정 수량 생산이 기본이 되기 때문입니다.

예를 들어, 서울의 한 작은 스튜디오는 호텔 리넨 업사이클 파우치 20개를 제작해 금요일 저녁 8시 인스타그램 스토리에 공개했습니다. 결과는 30분 만에 완판. 소비자들은 단순히 파우치가 필요해서 산 것이 아니라, "그 시간, 그 공간에 참여해 구매했다"는 경험을 소유한 것입니다. 드롭 모델은 제품 판매를 넘어 이벤트 경험에 가깝습니다.

1. **주제 정하기**: 소재와 연결된 테마를 만든다.
   (예: "이번 주: 소방호스로 만든 벨트 15개")

2. **수량 명시**: '단 30개'처럼 숫자를
   선명하게 강조한다.

3. **시간 고정**: 특정 요일·시간을 반복적으로
   설정해 소비자들이 기다리도록 만든다.

4. **스토리텔링 추가**: "이 호텔에서 5년간 사용된
   시트가 이번 주 파우치로 변했습니다"처럼
   소재의 출처를 공개한다.

리세일 모델: 오래된 것의 두 번째 무대

리세일은 소비자가 쓰던 제품을 수선·리디자인해 다시 판매하는 모델입니다. 파타고니아의 '원 웨어 (Worn Wear)'가 대표적 사례지만, 소규모 브랜드도 충분히 응용할 수 있습니다.

예를 들어, 한 독립 디자이너는 '되살림 주간(Bring & Renew Week)'이라는 캠페인을 열었습니다. 소비

자가 안 입는 셔츠를 가져오면 현장에서 간단히 수선하거나, 며칠 뒤 업사이클 백으로 재탄생시켜 돌려주는 방식이었죠. 소비자는 새로운 옷을 얻는 동시에, 자신의 옛 옷이 다른 형태로 살아난다는 만족감을 누리게 됩니다. 브랜드 입장에서는 소재 확보와 동시에 커뮤니티 강화효과를 얻습니다.

실습 가이드

- **수거 캠페인 진행**: SNS로 "입던 청바지를 가져오세요 (Bring Your Denim)" 같은 이벤트를 알린다.

- **즉석 변환 서비스**: 현장에서 수선·재디자인 과정을 보여주면 참여자가 경험의 주인공이 된다.

- **기록 남기기**: 리세일 제품에 태그나 QR을 붙여 "이 제품은 2019년 강남에서 사용된 데님에서 태어났습니다"라는 스토리를 제공한다.

작게 시작해도 충분하다

중요한 건, 대규모 공장도, 큰 자본도 필요하지 않다는 점입니다. SNS 계정 하나와 정직한 스토리텔링이면 충분합니다. 업사이클은 대량 생산의 논리가 아니라, 한정성과 진정성이 만드는 매력으로 움직입니다.

"오늘 공개된 20개의 가방"은 누군가에게 단순한 제품이 아니라, 시간과 공간을 공유한 경험이 됩니다. 그리고 바로 그 경험이 소비자가 브랜드를 다시 찾게 되는 가장 강력한 이유가 됩니다.

 2장

DPP(디지털 제품 여권)로
나의 업사이클 상품 기록하기

업사이클 브랜드에서 중요한 건 신뢰입니다. 단순히 "이건 예쁜 가방입니다"라는 말보다, "이 가방은 ○○호텔에서 쓰던 리넨 시트로 만들어졌고, 누구의 손에서 이렇게 완성됐습니다"라는 설명이 훨씬 설득력을 줍니다. 이 과정을 손쉽게 보여주는 도구가 바로 DPP(Digital Product Passport, 디지털 제품 여권)입니다.

DPP가 뭔가요?

말 그대로 제품의 여권입니다. 제품이 어디서 태어났고, 어떤 과정을 거쳐 만들어졌는지, 앞으로 어떻게 관리·순환될 수 있는지를 기록한 전자 신분증 같은 것이죠. 보통 QR 코드나 NFC 태그를 제품에 붙여 고객이 스마트폰으로 스캔하면 바로 정보를 볼 수 있습니다.

왜 필요한가요?

1. **스토리를 보여준다** – 소재의 출처와 여정을 알면 제품이 훨씬 특별해집니다.

2. **신뢰를 만든다** – "이건 진짜 업사이클 제품입니다" 라는 증거가 됩니다.

3. **미래 가치를 높인다** – 나중에 수선하거나 리세일 할 때 기록이 있으면 더 높은 가치를 인정받습니다.

어떻게 시작하나요?

처음부터 거창할 필요는 없습니다. 작은 브랜드도 바로 적용할 수 있습니다.

1. 정보 정리

- 제품명, 소재 출처, 제작 과정, 관리법 정도만 기록합니다.

  예: "2024년 5월, 서울 ○○호텔 리넨 → 파우치로 재탄생. 손바느질 마감."

2. QR 코드 만들기

- 무료 생성기를 활용해 코드를 만들고, 라벨이나 태그에 부착합니다.

3. 페이지 연결

- 구글 문서나 노션 같은 무료 툴에 설명과 사진을 올리고 QR을 연결합니다.

4. 고객 참여

- 수선이나 업그레이드 시 기록을 업데이트하면, 고객은 제품이 살아 있는 여권처럼 진화하는 경험을 하게 됩니다.

예시

한 소비자가 업사이클 가방을 구매했다고 가정해보죠. QR을 찍으면 이렇게 뜹니다.

- Origin: 2024년 ○○호텔 리넨
- Transformation: 업사이클러 S의 손바느질 제작
- Care: 손세탁, 그늘 건조 권장
- Repair: 필요 시 아뜰리에에서 무료 수선 가능

짧은 정보만으로도 소비자는 제품을 훨씬 특별하게 느끼게 됩니다.

내 브랜드에 적용하는 3단계 체크리스트

1. 기록하기

• 소재 출처, 제작 과정, 관리법을 간단히 적는다.
 예: "2024년 ○○호텔 리넨 → 파우치 제작,
  손바느질 마감."

2. QR 만들기

• 무료 생성기로 QR을 제작해 라벨에 부착한다.
 • 노션·구글 문서·블로그 글 등으로 연결하면
  충분하다.

3. 공유하기

 • 소비자에게 *"스캔해서 스토리를
  확인하세요"*라고 안내한다.
 • 수선·업그레이드 시 기록을 업데이트해
  '살아 있는 여권'처럼 만든다.

DPP는 복잡한 기술이 아닙니다. 작은 기록 습관입니다. 처음에는 QR 하나, 노션 페이지 하나로도 충분합니다. 중요한 건 완벽함이 아니라 꾸준함과 진정성입니다. 기록이 쌓일수록 제품은 단순한 물건이 아니라 이야기를 담은 오브제가 되고, 브랜드는 점점 더 깊은 신뢰를 얻게 됩니다.

원가 계산과 가격 책정
: 수작업의 가치를 돈으로 환산하는 법

업사이클 브랜드를 시작한 사람들이 가장 자주 부딪히는 질문은 단순합니다. "이 제품, 얼마에 팔아야 할까?"

친환경적 의미도 중요하지만, 브랜드가 지속되려면 결국 가격을 통해 가치가 설득되어야 합니다. 너무 저렴하면 브랜드가 쉽게 소모되고, 너무 비싸면 고객이 외면합니다. 해답은 정직한 계산 + 감각적인 포지셔닝입니다.

1) 원가 계산의 기본

업사이클 제품은 원자재 비용은 적게 들 수 있지만, 그 대신 노동 시간과 수작업 공정이 가격을 좌우합니다. 기본적으로 아래 세 가지를 합산해 보세요.

1. **소재 비용** – 무상 수거라면 0원 처리, 단 운송·세척 비용은 포함.

2. **노동 시간** – 나의 작업 시간 × 시간당 단가 (최소 시급보다 높게 책정).

3. **부자재 및 부대비용** – 실, 지퍼, 라벨, 포장재, 전기료 등.

예시 - 호텔 리넨 업사이클 파우치

- **소재 비용**: 세탁·운송 1,000원
- **노동 시간**: 1.5시간 × 15,000원 = 22,500원
- **부자재**: 지퍼·실·라벨 2,000원
- **합계 원가 = 25,500원**

2) 마진 구조와 시장 가격

소규모 브랜드의 기본 공식은 원가 × 2~2.5배입니다. (위 파우치라면 25,500원 × 2 = 약 51,000원 → 소비자 가격.) 하지만 단순 배수로만 끝내지 말고, 시

장 포지셔닝을 함께 고려하세요.

- "세상에 단 하나뿐인 아이템"이라면 프리미엄을 붙여도 됩니다.
- 반대로 커뮤니티 이벤트용이라면 원가에 가까운 가격으로 책정해 브랜드 신뢰를 쌓을 수도 있습니다.

3) 가격이 곧 스토리

업사이클 제품의 가격은 단순한 숫자가 아니라 시간과 흔적의 기록입니다. 가격표에 이런 설명을 덧붙여 보세요.

> "이 가방은 2019년 서울 ○○호텔에서 사용된 리넨 시트를 세탁·해체해, 1.5시간의 손바느질로 완성되었습니다."

이렇게 하면 고객은 단순히 "5만 원짜리 가방"을 사는 것이 아니라, 누군가의 시간과 이야기를 구매한다는 감각을 얻게 됩니다.

4) 실습 가이드 - 나만의 가격표 만들기

Step 1. 계산

• 소재 비용 + 노동 시간(내 시급 기준) + 부자재
= 원가

Step 2. 마진 설정

• 원가 × 2 = 최소 판매가
• 포지셔닝에 따라 × 2.5~3까지 확장 가능

Step 3. 스토리 추가

• 가격 옆에 소재와 제작 과정을 짧게 소개
→ 고객 설득력 강화

가격 책정은 숫자의 공식이 아니라, 브랜드 철학을 드러내는 언어입니다. 업사이클 제품은 '저렴한 대체품'이 아니라, 시간·수작업·이야기가 응축된 하나의 오브제입니다. 따라서 가격표는 계산서가 아니라 당신의 브랜드가 세상에 던지는 선언문이 되어야 합니다.

정책·인증
: ESG, GRS, OEKO-TEX, EU 순환경제 패스포트

업사이클 브랜드를 운영하다 보면, 단순히 '예쁜 제품'을 만드는 것만으로는 부족하다는 걸 깨닫게 됩니다. 특히 해외 시장 진출, 투자 유치, 협업을 고려한다면, 정책과 인증은 피할 수 없는 언어입니다. 겉보기엔 복잡해 보이지만, 핵심은 단순합니다.

내가 만든 제품이 얼마나 투명하고, 안전하며, 사회적 가치를 담고 있는가를 증명하는 장치. 그것이 바로 인증입니다.

1) ESG - 기업의 새 기준

ESG (Environment·Social·Governance)는 대기업 보고서에만 등장하는 용어가 아닙니다. 작은 브랜드도 충분히 활용할 수 있습니다.

- **환경(Environment)**: 소재 재사용, 탄소 절감

- **사회(Social)**: 지역사회 기여, 기부 모델
- **지배구조(Governance)**: 투명한 운영, 기록 관리

예시

> "이번 달 파우치 제작으로 리넨 5kg을
> 매립 대신 재사용했습니다."

이 한 줄 데이터만으로도 ESG의 언어가 됩니다.

2) GRS(Global Recycled Standard)
- 재활용 인증의 대표

GRS는 재활용 원자재 함량과 생산 과정의 사회·환경적 책임을 함께 검증하는 국제 인증입니다. 쉽게 말해, *"이 제품이 진짜 업사이클인지 증명하는 공식 도장"*입니다.

처음부터 모든 제품에 GRS 인증을 붙일 필요는 없습니다. 대신 소재 공급 파트너(방수포, 직물, 가죽 등)가 GRS 인증을 갖고 있다면, 그 사실을 적극적으로

활용하세요. 소비자는 그 한 줄에서 신뢰를 얻습니다.

3) OEKO-TEX - 안전의 언어

OEKO-TEX는 소재에 인체 유해 화학물질이 포함되지 않았음을 보장하는 인증입니다. 특히 피부에 직접 닿는 의류나 침구 업사이클 제품은 이 인증이 있으면 고객이 훨씬 안심합니다. 직접 인증을 따지 않더라도, "OEKO-TEX 인증 원단을 사용했습니다"라는 설명만으로도 신뢰도는 달라집니다.

4) EU 순환경제 패스포트 - 다가오는 게임 체인저

EU는 곧 디지털 제품 여권(DPP, Digital Product Passport)을 의무화할 예정입니다. 즉, 제품의 소재·생산·수선·폐기 과정까지 기록하고 공개해야 유럽 시장에서 유통이 가능해집니다.

대기업에게는 규제지만, 소규모 브랜드에겐 오히려 기회가 됩니다. 이미 QR 기반으로 제품 스토리를 보여주는 작은 아뜰리에는 "우린 미래 규제에 맞춰 준비된 브랜드입니다"라는 메시지를 줄 수 있습니다.

실습 가이드 - 나에게 맞는 인증 언어 찾기

1. 제품 카테고리 점검
- 의류·패션 → GRS + OEKO-TEX
- 인테리어·리빙 → DPP + 안전성 강조

2. 소재 공급처 확인
- 파트너가 이미 GRS/OEKO-TEX 인증을 갖고 있다면 그 사실을 적극 활용
- 인증이 없다면 최소한 "소재 출처를 추적 가능하게 기록"

3. 브랜드 스토리와 연결
- ESG → 숫자와 사례로 간단히 제시
- GRS/OEKO-TEX → 소재 단계에서 신뢰 확보
- DPP → 고객이 직접 스캔해 확인할 수 있는 체험 제공

인증은 브랜드를 제약하는 틀이 아니라, 신뢰를 키워주는 언어입니다. 오늘 만든 업사이클 가방에 "이 소재는 GRS 인증 방수포입니다"라는 한 줄을 붙이는 순간, 고객은 단순한 제품이 아니라 국제적 신뢰 체계와 연결된 오브제를 손에 넣는 경험을 하게 됩니다.

커뮤니티와 이벤트
: 수선 워크숍, 리페어 데이, 업사이클 페스티벌

업사이클 브랜드의 성장은 단순한 제품 판매에서 나오지 않습니다. 사람들이 모여 경험을 나누고 가치를 공유할 때, 브랜드는 비로소 살아 있는 문화가 됩니다. 작은 모임은 커뮤니티가 되고, 커뮤니티는 축제로 확장되며, 업사이클은 개인의 취향을 넘어 세대와 지역을 잇는 문화적 언어로 자리 잡습니다.

1) 수선 워크숍 — 가장 쉬운 참여의 장

수선 워크숍은 고객이 직접 물건을 고치며 손끝의 경험을 공유하는 자리입니다. 오래된 셔츠에 사시코 자수를 놓거나, 해진 가방 끈을 교체하는 과정에서 참가자는 단순히 물건을 되살리는 것이 아니라, 스스로 업사이클러가 되는 경험을 얻게 됩니다.

• **운영 팁:** 소규모(5~10명)로 시작하고, 장소는 카

페·도서관·팝업 스토어 등을 활용하세요.

• 결과: 참가자가 직접 고친 물건은 곧 브랜드의 살아 있는 홍보물이 됩니다.

2) 리페어 데이 — 브랜드 철학을 보여주는 무대

리페어 데이는 브랜드가 **"우리는 물건을 오래 쓰게 돕는 브랜드"**라는 철학을 보여주는 날입니다. 하루 동안 고객이 제품을 가져오면 무료 혹은 저렴한 비용으로 수선을 제공하고, 현장에서 노하우를 나눕니다. 이는 고객이 단순한 '구매자'에서 가치의 동참자로 전환되는 계기가 됩니다.

• 운영 팁: SNS를 통한 사전 신청으로 규모를 관리하고, 현장 사진·영상은 반드시 기록하세요.

• 결과: 브랜드의 철학이 행동으로 증명되고, 고객경험이 입소문을 통해 확산됩니다.

3) 업사이클 페스티벌 — 문화를 만드는 장

페스티벌은 업사이클을 생활 문화로 확장하는 최종 단계입니다. 음악, 전시, 플리마켓, 강연, 체험 부스를 결합해 지역 커뮤니티 전체를 참여자로 끌어들일 수 있습니다.

예시 - "린넨 되살림 주간(Linen Rebirth Week)"

- 호텔 리넨 전시
- 즉석 수선 체험
- 디자이너 토크쇼
- 업사이클 굿즈 마켓
- **운영 팁:** 로컬 브랜드, 친환경 단체, 아티스트와 협업하면 행사 파급력이 커집니다.
- **결과:** 브랜드가 단순히 제품을 파는 곳을 넘어 문화적 플랫폼으로 자리 잡습니다.

실습 가이드 - 소규모 이벤트 기획 체크리스트

1. **목표 설정:** 판매 vs 체험 vs 커뮤니티 형성

2. **장소 선정:** 카페, 도서관, 갤러리 등
접근성 좋은 공간

3. **참여 규모:** 소규모(5~10명)로 시작해 점차 확장

4. **스토리텔링:** 소재 출처·수선 과정·참가자
경험을 반드시 기록

5. **후속 연결:** 행사 후 사진/영상 공유
→ 온라인 커뮤니티로 확장

커뮤니티와 이벤트는 브랜드를 제품에서 문화로 확장하는 통로입니다. 오늘의 작은 워크숍은 내일의 리페어 데이가 되고, 몇 년 뒤에는 지역을 대표하는 업사이클 페스티벌로 성장할 수 있습니다. 중요한 것은 규모가 아니라, 고치는 과정에서 나누어지는 이야기와 공감입니다.

크라우드펀딩과 투자 유치
: 킥스타터부터 소셜 임팩트 투자까지

업사이클 브랜드는 대량 생산으로 빠르게 성장하기 어렵습니다. 그렇다고 자금 조달의 길이 막힌 것은 아닙니다. 오히려 업사이클 브랜드야말로 스토리 기반 자금 조달에 최적화되어 있습니다. 크라우드펀딩과 소셜 임팩트 투자는 바로 그 스토리의 신뢰를 보고 투자하는 방식이기 때문입니다.

1) 크라우드펀딩 — "스토리로 설득하는 첫 무대"

킥스타터(Kickstarter), 와디즈(Wadiz), 텀블벅(Tumblbug) 같은 플랫폼은 단순한 모금 통로가 아니라 브랜드의 시장 테스트 장입니다.

• **설명:** 업사이클 제품의 핵심은 "이 소재가 어디에서 왔고, 어떻게 변했는가". 사진 한 장보다 짧은 영상 하나가 더 강력합니다.

- **팁**: 후원 리워드는 제품 외에 워크숍 초대권, 리미티드 컬러 에디션등 경험 + 희소성을 함께 설계하면 전환율이 높아집니다.

2) 소셜 임팩트 투자 — "가치에 투자하는 사람들"

임팩트 투자자는 단순 수익보다 환경·사회적 지표를 중시합니다. "연간 500kg의 섬유 폐기물을 절감했다"는 데이터는 곧 투자 언어가 됩니다.

- **설명**: ESG 펀드, 사회적기업 지원 펀드, 임팩트 액셀러레이터는 업사이클 브랜드와 궁합이 좋습니다.
- **팁**: 숫자와 감성을 동시에 제시하세요. "이 가방 하나로 매립지에서 2kg의 직물이 다시 태어났습니다." 같은 한 문장은 보고서보다 설득력 있습니다.

3) 단계적 접근 — "작게 검증, 크게 확장"

처음부터 큰 자본을 끌어오기보다 크라우드펀딩 → 소규모 엔젤 투자 → 소셜 임팩트 펀드 순으로 확장하는 편이 안전합니다. 작은 성공이 쌓일수록 브랜드는 '실험'이 아니라 검증된 비즈니스로 보입니다.

실습 가이드 - 크라우드펀딩 준비 체크리스트

1. 스토리 만들기

- 소재 출처와 변신 과정을 영상/글로 정리
- "폐소방호스가 벨트로 재탄생했습니다."처럼
  한 문장 요약준비

2. 리워드 설계

- 제품 + 체험형 리워드
  (워크숍 초대, 아뜰리에 투어)
- 한정판 컬러·넘버링 등 희소성 부여

3. 목표 금액 설정

- 원가 + 배송/포장비 + 플랫폼 수수료 반영
- 지나치게 높게 잡지 말고
  달성 가능선부터 노리기

4. 홍보 전략

- 사전 티저(인스타 스토리, 이메일 뉴스레터)
- 론칭 첫 주 지인 참여 유도
  → 알고리즘 노출 극대화

업사이클 브랜드의 자금 조달은 상품성만으로 설득하는 게임이 아니라, 출처·변신·영향을 스토리로 투명하게 증명하는 게임입니다. 첫 무대는 작아도 좋습니다. 작게 검증하고, 크게 확장하세요. 그 과정 자체가 곧 브랜드의 신뢰가 됩니다.

The Next Atelier
— 업사이클러의 삶으로 나아가기

업사이클은 더 이상 소수의 디자이너나 환경 운동가만의 전유물이 아닙니다. 이제는 누구나 일상 속에서 선택할 수 있는 새로운 라이프스타일의 선언이 되었습니다. 이 책에서 다룬 공방 세팅, 수선 기술, 글로벌 브랜드의 전략, 그리고 다양한 비즈니스 모델은 결국 한 가지 메시지를 향합니다. 업사이클은 단순한 환경운동이 아니라, 자기 자신을 표현하는 삶의 태도라는 것입니다.

옷을 고쳐 입는 순간, 우리는 단순히 자원을 아끼는 것이 아니라 "나는 소비의 흐름을 내 방식으로 재해석한다"는 선언을 합니다. 작은 리세일 프로젝트를 시작하는 순간, 우리는 시장의 거대한 흐름 속에서 작지만 의미 있는 균열을 만들어냅니다. 그리고 커뮤니티와 페스티벌을 열 때, 그 경험은 한 사람의 취향을 넘어 지역과 세대가 함께하는 새로운 문화적 언어로 확장됩니다.

앞으로의 시대는 더 빠르고, 더 편리하고, 더 짧게 소비하는 방향으로 달려갈 것입니다. 그러나 바로 그럴수록 '고쳐 쓰는 즐거움, 오래된 것에서 새로움을 발견하는 감각'은 더 큰 가치로 다가올 것입니다. 업사이클은 과거로 돌아가는 것이 아니라, 미래를 다른 각도에서 설계하는 방식이기 때문입니다.

이 흐름은 국제적으로도 가속화되고 있습니다. 유럽연합은 순환경제 패키지를 통해 디지털 제품 여권(DPP)을 의무화하여, 제품의 생산과 변화를 기록하도록 요구합니다. 일본에서는 오랫동안 자리 잡아 온 리페어 문화가 젊은 세대 사이에서 다시 주목받고 있고, 북미에서는 임팩트 투자자들이 업사이클 스타트업을 미래 산업의 핵심으로 바라보고 있습니다. 이러한 변화 속에서 한국의 젊은 업사이클러들은 추종자가 아니라, 아시아 업사이클 문화의 새로운 리더로 자리매김할 수 있습니다.

책장을 덮는 지금, 당신은 이미 업사이클러의 길 위

에 서 있습니다. 반드시 거창한 프로젝트일 필요는 없습니다. 오래된 셔츠에 작은 자수 하나를 새기는 것, 친구와 함께 미니 워크숍을 여는 것, 혹은 SNS에 나만의 리페어 스토리를 올리는 것. 그 작은 움직임들이 모여 당신의 'Next Atelier', 새로운 아뜰리에가 열리게 됩니다.

그리고 언젠가 당신의 아뜰리에는 단순한 작업실을 넘어, 누군가에게 영감을 주는 문화적 플랫폼이 될 것입니다. 우리는 단순히 소재를 재활용하는 것이 아니라, 이야기를 다시 쓰고, 관계를 다시 짜고, 미래를 새롭게 설계하고 있는 것입니다.

"We don't just recycle materials. We rewrite stories."

지구 소환행 시리즈 출간 예정

지구 소환행 시리즈 L
- 밥은 먹고 다니냐?
오행으로 풀어보는 일주일 행복 도시락

지구 소환행 시리즈 F
- 지하철에서 끝장내는
행복 부자 가이드

지구 소확행 시리즈 U (Upcycle)

업사이클 다시 온(ON), 쓰레기 오프(OFF)

1쇄 발행 2025년 10월 27일
지은이 서경아
펴낸이 김영경
펴낸곳 쑬딴스북
표지 디자인 이지선
인디자인 인지예

출판등록 제2021-000088호(2021년 6월 22일)
주소 경기도 파주시 탄현면 헤이리마을길 82-91 B동 202호
이메일 fuha22@naver.com

ISBN 979-11-94047-19-3